KB070891

청어詩人選 259

조금 쓸쓸한 오후

최은진 시집

청어

조금 쓸쓸한 오후

최은진 시집

시인의 말

참 먼 길을 돌아온 것 같습니다.

가슴에 다 담지 못한 생의 부스러기들이 동화 속 한 장면처럼
하나씩 하나씩 사라질 때마다
어디로 가야 하나 길을 잃어 서성이기도 했습니다.

수많은 생의 바다에서 늘 섬처럼 외로웠지만 그 외로움 또한
나의 푸른 언어가 되었습니다.
죽을 만큼의 통증도 어느 날엔 별 하나 바라볼 수 있는 눈동자
가 되어 주었고 계절의 오고 감에 펼쳐지는 저 풍경들이 나의
언어가 되어주었습니다.

학창시절 지금은 고인이 되신 이재금 선생님의 생가를 지금도
잊을 수 없습니다.
이재금 선생님은 나의 담임이자 문예반 선생님이셨고, 우리들
은 선생님의 생가에 가서 별을 보고 옥수수를 먹으며 시를 짓
고 시낭송도 하고 그렇게 아름다운 밤을 보냈습니다.

붉은 포도 주절이 열려 있고 젖소 울음 낭랑했던 그날의 여름
밤이 어느덧 글을 쓴 지 34년이 될 수 있도록 늘 곁에 있어주
었습니다. 절절했던 그리움들 때로는 사랑으로 때로는 슬픔으

로 때로는 스승님의 마지막을 지키기 못했다는 그 진한 죄책감에 나의 언어는 눈물을 머금을 때도 있었습니다.

하지만 가슴에 남은 언어는 늘 가난했으며 이름 없는 마음 한 귀퉁이에 웅크리고 앉아 살아야했습니다. 내 부족하고 가난한 마음이 얼마나 스며들었는지 지금도 난 잘 알지 못합니다. 하지만 잘 썼든 못 썼든 글은 제 진심이며 제 마음입니다.

시를 쓰며 진실된 삶을 살고 싶었고
시는 늘 깨끗해야 했으며
시는 거짓된 언어로 살아서도 안된다고 생각했습니다.
시는 나 자신이어야 하고
시는 이 글을 읽는 독자들의 진심이어야 하고
시는 보이지 않는 눈물과 슬픔이어야 한다고 생각했습니다.

아무 소리도 들리지 않았고, 아무 말도 할 수 없었던 나의 가난한 풍경들이 이제 부끄러운 언어로 묶여 있던 숱한 날들의 그리움들을 한 올 한 올 실타래를 풀어 저 멀리 떠나보내려 합니다.

여기 쓸쓸한 오후를 살아가는 한 여자의 가슴이 걸려있습니다. 쓸쓸한 오후라는 제목을 올린 이유는 오후는 저의 중년의 삶을 의미하고 그 중년의 삶속에서 조금은 쓸쓸했던 마음들을 표현했기에 책의 제목을 『조금은 쓸쓸한 오후』라고 지었습니다.
어린 시절 아침엔 해맑았습니다.

모든 것이 희망적이었고 모든 것이 즐거웠으며 잠깐의 실수도 아무것도 아니었습니다.

그리고 뜨거운 한낮의 젊은 시절은 삶의 투쟁이었고 살아나갈 열쇠를 찾아내기 급급한 시절이었습니다. 사랑은 때때로 전투적이었고 때때로 눈물겨웠으며 때때로 찾아오는 삶의 고통에 진저리치기도 한 날들이었습니다.
그 시간들을 지내고 이제 저는 쓸쓸한 중년의 오후에 서 있습니다.
흘려보낼 것은 흘려보내고 가슴에 담아 둘 것은 담아두려 애를 쓰는 지난 추억에 눈물을 쥐어짜는 나는 중년의 깊은 오후를 보내고 있습니다.

그 중년의 오후에 서서
부끄러운 첫 시집을 저의 은사님이셨던 고 이재금 선생님의 영전에 감히 올립니다.

유난히 긴 장마로 힘겨웠던 이들에게 희망을 전하고 싶은
2020년 8월의 어느 날에
생림면 선곡에서 최은진

차례

2부 나팔꽃

3부 통증

4부 중년의 삶… 그랬으면 좋겠네

1부

잠깐의 슬픔

이제 떠나가자
한 슬픔이 떠나고 또 다른 슬픔이 오지 않도록
죽도록 사랑했던 추억이 그러하듯
죽도록 미워했던 아픔이 그러하듯

노을

순한 삶의 길을 원하진 않았다
그리 굽은 길을 원하지도 않았다

사랑할 수 있다면
그리워할 수 있다면
저 이정표처럼 혼자여도 나는 좋았다

믿고 싶었다
바람이 이 날을 거두어가도
나는 너의 가슴을 믿고 싶었다

부질없는 이 생에 한 포기 풀처럼
너를 사랑하는 일을
멈추고 싶지 않았다

이제 다시 사랑이고 싶다
우리 두 가슴이 만나
따스한 저 노을로 서 있고 싶다

쓸쓸한 날에 하늘이 저물어도
나는 너의 바다를 지키는
하나의 풍경이 되고 싶다

너

이 꽃잎 다 진 후에야
나는 너를 바라본다

내게 늘
꽃처럼 피었던 너

너가 떠나고서야
나는 한 송이 꽃을 바라본다

새벽에

이제 떠나가자
한 슬픔이 떠나고 또 다른 슬픔이 오지 않도록
죽도록 사랑했던 추억이 그러하듯
죽도록 미워했던 아픔이 그러하듯

이제 떠나가자
바람이 구름처럼 흩어지면
파도에 파도가 더해지듯
우리 그리움도 더해질까 두렵다

이제 떠나가자
끝끝내 피우지 못한 애증의 꽃봉오리처럼
그대와 나 만나지 못하여도
슬픔은 또렷한 슬픔으로 그렇게 남겨두자

비는 내리고

한때는 꽃처럼 그리 사랑했는데
이젠 떨어지는 비처럼
그대를 지워갑니다

오늘도 소리 없는 그리움에
하루를 안고 가지만
나는 아직 꽃처럼 슬퍼집니다

한 사람을 사랑하는 일이
이리 아플 줄
마음 다 저문 후에 알았습니다

봄빛처럼 그 마음 다하고
눈이슬처럼 그 시름 차오르는 일
그것은 여전히 사랑이지만

추억은 또 다른 추억에 마음이 덮어져가고
더할 수 없는 우리는 이 거리만큼
뒤돌아섭니다

지금 거리에 비가
웁니다

그런 거야

산등성이 온통
솔바람 가득하고

낮게 핀 꽃무리
이 계절 견디지만

내 걸어온 길이 너무 아파
자꾸만 걸음이
무너져 내린다

한 사람을 위한 깊은 다정도
스치는 바람처럼
부질없는 것임을

봉선화 꽃잎 지니
나…
알 것만 같다

비 내린 후

비 오는 뜨락에 팔월은 곱고
꽃잔디 나지막한
울집 울타리가 차분하네

푸른 구름은 어디로 가고
잿빛 하늘 쓸쓸한
질경이만 한창일까

어제의 개울은 차고도 넘치는데
걸어도 그 가는 곳은
아직도 아득하니

비바람에 접시꽃은 이미 저물어
촉촉한 8월의 꽃들은
내 맘 하나 모른다네

나는

나는 항상
너의 첫 문장이고 싶다

저녁 해가 뉘엿뉘엿
어둠을 따를 때면

빛들이 사라진 들녘에
한 포기 풀이어도 좋고

별들이 피어나는 하늘에
작은 구름이어도 좋다

언제나 너의 그림자 되어
첫 문장으로 읽히고 싶다

7월의 어느 밤

내게 오는 그 계절에
그대가 온다

흐릿한 먹구름 아래 스미는
저 바람처럼 내게로 온다

때로는 지워도 별처럼 피고
때로는 잊어도 어둠처럼 찾아오는

그대라는 계절은 언제나
슬픔으로 내게 온다

줄 것 없어 애달픈 내 가난한 마음도
여름날의 잠깐의 소나기였을까

그리 멀리 갈 줄 알았는데
그리 오래 함께일 줄 알았는데

사랑은 늘 다음으로 가고
이제는 오지 않을 그대도 간다

출근길에서

조금씩 멀어지고
조금씩 사라져도

내 걷는 걸음들은
여전히 눈부시다

바람에 별 스쳐가도
구름에 달빛 머물러도

저 어두운 저녁 너머엔
따스함이 있다

슬프지 않아도
기억하지 않아도

난 나의 길에 앉아
웃음 하나 보낸다

오늘밤

별이 울어도
구름에 묻힌 하늘이 곱다

사랑하는 사람아

사랑하는 사람아
비가 오면
그대 눈물로 여기지 말아요

그리운 사람아
바람 불면
춥다고 옷깃 여기지 말아요

비가 오면
이 젖은 땅에
빗물로 편지 쓰고

바람 불면
그대에게 바로 가리니

비 오고 바람 불면
나는 참 좋아라

그렇게 1

저 작은 티끌보다 가벼운
내 맘이 부끄러워
홀씨처럼 그리 떠나고 싶었네

사람 없는 들길에 홀로 주저앉아
논배미 개구리처럼 울어도 보고

이슬 젖은 개망초꽃처럼
더러는 슬픈 눈 고이 들어
구름 낮은 하늘도 바라보았네

허나 살아가는 일이
삶과 죽음의 자리에서
계절마다 꽃이 피고
때로는 먹구름에 세상이 우니
어찌 다 그 뜻을 헤아릴까

산까치보다 가벼운 내 맘이
하도 부끄러워 저 구름처럼 나
그리 떠나고 싶었네

6월에

별 내린 하늘에
구름이 흐르면

사람의 마을엔
초롱처럼 불이 켜진다

6월의 밤은
달처럼 높아져 호젓하고

기댈 이 없는 외로움에
강아지풀 쓸쓸한데

푸른 별 고이 잠든 이 길에
하늘 보며 걸으니

논두렁 개구리 울음에
오늘이 지나간다

그렇게 2

잎 사이 숨어 피고 지는 찰나를
아무도 모르지

화려하지 않는 잠깐의 꽃잎이야
바람에 흔들릴까

내 품은 하늘에 그대 서성이고
여물어가는 다정도 그대 모르지

외로움도 때로는 돌아서는 법
쓸쓸하지 않는 분분한 통증이야
바람에 아파할까

널 닮은 하늘에 나 서성이고
사랑했던 다정조차 이제
나는 모르지

잠깐의 슬픔

붉은 여름도 이제 오려나
꽃잎 사이사이 바람이 흔들린다

길어진 햇살에 걸음은 더뎌지고
가만히 웅크린 내 가슴엔
그대가 타오른다

떠나올 것도 떠나갈 것도
한때는 다 바람 같은 것

설령 지나가는 그림자도
누군가의 잠깐 슬픔이었을까
내게 피는 괴로움도 그리 갈 것을

꽃나무 그늘 아래 저녁이 스며들면
잠깐의 외로움도 곧 저물 일
너무 뜨거워하지는 말아야겠다

아득한 삶이 꽃처럼 피고
노을처럼 붉은 얼룩이 스미어도
여전히 그대는 내게서 타오른다

그대에게

내 고인 아픔이 바다처럼 출렁대도
그대에게 이르는
작은 등대로 남을 수 있다면
깊은 어둠에 잠겨도 나는 좋습니다

때로는 비바람에 갈 곳 잃은 갈매기 되어도
그대에게 이르는
작은 섬이 될 수 있다면
큰 파도에 멍 들어도 나는 좋습니다

반짝이는 석양에 내 가슴 양귀비처럼 붉어져도
그대에게 이르는
수줍은 바람이 될 수 있다면
나즈막한 모래 위에 남겨져도 나는 좋습니다

내 지난 아픔이 그렁 울어도
어느 날엔 작은 파도 같은 숨소리로
또 어느 날엔
작은 고둥 같은 함초꽃으로 피어나고 싶습니다

어쩌면 나는 늘 그대를 기다리는
저 먼 바다였는지 모릅니다
내게 밀려 올 파도 같은 그대를
아득히 기다리는 섬이 되어도 좋습니다

그러하기를

그저 이름 없는 작은 마음이기를

유희와 쾌락에 물들지 않고
구석진 바위에 가녀린 뿌리를 내리고 저 홀로
살아가는 하얀 바람꽃이 되기를

그늘진 자리조차 마다하지 않고
그 누가 불러주지 않아도
후두둑 쏟아지는 소나기를 이름이라 하고

빈 가지 위에 소복이 쌓이는
눈부신 눈꽃을 이름이라 하는
소박한 이끼이기를

흔한 다정에 두 눈을 감고
가슴에 두지 않으며
사뿐히 고이 밟고 지나는 오솔길에
온 마음 누이고

불어오는 바람에
젖은 마음 하나 몰래 걸어두는
무심히 스쳐가는 구름이기를

바람 이는 꽃씨처럼
어느 뜻 없는 모퉁이에
뿌리내려 웅크려도

나 하나도 서럽지 않는
흔적 없는 투명한 그림자이기를

양귀비꽃

붉어진 마음으로 피고 싶다
그저 하나의 마음으로 네게 피고 싶다

뜨거운 햇살에 속적삼 꽃잎
쉬 하늘거려도 나
네게 타오르는 한 송이 양귀비꽃이 되고 싶다

마주하지 않아도 아파하지 않고
보아주지 않아도 돌아서지 않는
너는 나의 붉은 하늘

너 아닌 눈부심은 저물어도 좋을 일
널 닮은 꽃송이에 달린 세월도
휘리릭 지나가는 잠시의 통증

아련한 양지에서 고개 숙여도
하나도 외롭지 않을 나는
너의 오롯한 꽃이고 싶다

그랬음 좋겠어

내가 그대를 사랑하는 일도
그랬음 좋겠어

봄이면 꽃 피고
가을이면 꽃 지는 것이 자연스런 일이듯

우리 인연도 바람에 꽃가루 젖듯
그대에게 흐르는 내 마음도 어쩌면
가벼운 몸짓이었음 좋겠어

어느 하나 쉬이 피는 꽃 없듯이
수많은 가슴 도닥임이 있어야
꽃 한 송이 피어날 수 있음을

내가 그대를 사랑하는 일도
힘겨운 그리움을 견뎌낸
그런 꽃이었음 좋겠어

5월에

내 여민 가슴에 눈물이 있다면
아마 그건 그대를 사랑했던 쓸쓸한 마음일 것이요

오늘 하루 행복했다면
아마 그건 그대를 죽도록 사랑했던
눈부신 증거일 것입니다

생이란 언젠가 내게서 안개처럼 부서질 일인데
왜 그 작은 편린조차 추억이라 하는지

돌아서려는 이 마음이 세월에 또 속고
그대의 이름 없는 마음에 나는 또 속고

가슴으로 피는 사랑 그림자로 놓아두고
서러운 바람 하나 가벼이 맞이하렵니다

노을

무수한 너의 웃음이 노을로 피어도
나 이젠 너를 보낼 수 있다네

슬픈 눈물이 구름을 거두어
사랑의 흔적이 꽃처럼 피어도
나 이젠 너를 스쳐갈 수 있다네

돌고 도는 생의 한 자리에
때로는 참을 수 없는 가슴에 꽃물이 져도
나 이제 너를 잊을 수 있다네

노을 되어 나를 물들이는 너
그 쓰라린 고요의 자락에 서 있어도
나 이제 너를 떠날 수 있다네

바람꽃

가고 오지 않는 날에
고요히 흔들리는 작은 꽃 하나

어느 이끼 머문 곳에
홀로 피어 있을까

꽃 피고 잎새 내린
쓸쓸한 날에도

네 눈물처럼 해맑은
하얀 꽃치마

솔바람 아득한 그 그늘 아래
키 작은 바람꽃 하나

2부

나팔꽃

사랑이라는 건
나팔꽃처럼 돌아서지 않고 너를 두고
홀로 오르는 것이라네

어느 날

모두 바람소리 같았네

내 걷지 못한 길 있어
그대에게 피어난 그 길이라네

어느 날은 뻐꾸기 그리 울고
어느 날은 참나무 낙엽 하도 울었네

오솔길 구르는 돌멩이 고요하고
장끼 후두둑 지나는 길섶 자주괴불 고와서

솔바람 타고 오는 한낮의 그늘 아래
잠시 그대를 생각하였네

철없는 부질이라 탓하여도
그대에게 난 그 길을 차마 아니 걷는데

그늘 깊은 산길의 하루가 내 맘 같아
그날의 봄은 무척이나 쓸쓸하고 고독하였네

새벽 단상

겨울의 거친 바람 속에서도
여린 풀꽃 하나 품게 하소서

비록 향기 잃은 메마른 가슴이어도
따스한 미소 하나 짓게 하소서

호젓한 새벽의 가난한 풍경에도
안개 스민 그리움처럼 사랑하게 하소서

아침 이슬 곱게 반짝이는 날에도
투명한 마음으로 살아가게 하소서

집으로 가는 길

고단한 봄을 따고
이슬만큼 작은 땀 뒤로 한 채
늦은 저녁을 걷는다

내 삶이 아닌
누군가의 삶속으로 걸어가는 것처럼
지금 나는 참 멀리 있다

멀어진 것은 쓸쓸함이 아닌
굳이 돌아보지 않아도 될
내 못난 작은 위로였을까

가던 길을 멈추고
저녁달에 걸린 하루를 본다

나를 붙잡고 놓아주지 않는
저 달 속에 오늘

묻히고 싶다

4월에

피었다 지는 일이 하도 살가워
어느 봄에는 꽃무더기 피었고

앞산 뻐꾸기 우는 날에는
뒷담 늘어진 장미가시가 몹시도 아팠다

꽃 진 자두나무에 소리 없이 별 어려
마당엔 밤이 울은 이슬도 거닐었고

봄 지핀 4월엔 후두둑 꽃잎 잦아드니
호젓한 슬픔에 그림자 없는 새벽도 달아올랐다

봄 떨어지는 소리에 하늘 바라보니
행여 그리운 맘 들킬까 말없는 나도 있었다

봄

향기로운 봄
살랑대는 바람에 몸살이 난다

여린 마음의 한 켠에
뾰족이 돋은 벚꽃 한 무더기

부푼 가슴에 봉긋이 물오른
내 수줍은 날도 봄따라 핀다

보리밭 사이로 바람이 들면
유난히 설레는 마흔 즈음 나의 봄

목련

하얀 고독도 그 절정 있어
소리 없는 그리움에
저물고 말 것을

사랑했던 사람도 저 꽃잎처럼
한 줌의 바람 앞에
그리 저물고 말 것을

쉼 없이 흔들리다
봄이 피운 대지 위에 몸져 누운
목련이여

환한 눈부심에
속절없이 떨어져 버릴
저 꽃잎 분분한데

내 가슴 길목마다
새하얗게 달아오를
찬란한 목련이여

꽃등

어지러운 세상에
작은 꽃등이 되고 싶다

날 스쳐가는 바람에도
향기를 나누어주는

그런 조그만
꽃등이 되고 싶다

3월에

풀잎에 반짝이는 작은 빛
꽃은 봄으로 피고

이파리 머무는 작은 바람
봄은 소리로 핀다네

기다림은 그대보다
내게 먼저 오고

그대는 봄보다
무심한 듯 흐른다네

봉긋한 흙 위에
갈퀴나물 푸릇푸릇 입술 내밀고

가슴 맞닿아야 나눌 수 있는 햇살에
쇠별꽃 환히 피어 있다네

죽순처럼 자라는 보고픔은
3월에도 그리 피고 진다네

봄에 앉아

나는 지금 그대의 계절에 앉아 있다

꽃 피고 바람 불고
그저 단순한 일들이 내게
눈물 나게 고마울 때가 있다

살아가는 일이 힘겨운 오늘도
그대는
너울너울 내게 불어온다

나는 지금 그대의 계절을 본다

노란 나비 어슬렁 산까치꽃 배회할 때
햇살 내린 작은 풀잎
한없이 바라본다

무릎을 꿇고서야 기어이 마중하는 일
그것마저도 내겐
사랑스런 일이다

나는 지금 그대의 계절을 읽고 있다

봄날에

야윈 두 손에 바람이 분다
허리 굽혀 흐르는
내 가슴에
산까치꽃 부풀어 오른다

시렸던 햇살
슬그머니 타오르니
나무마다 꽃송이 수없이 토해낸다

내게 피는 너도 봄이다
절절히 피워대는 네 여린 잎들도
내겐 견디어야 할 푸른 봄이다

가난한 마음에 바람 하나 부니
내 가슴에
너라는 다정 하나 뚫고 나온다

나팔꽃

홀로 오른다는 건
나팔꽃 덩굴처럼 나를 안고
조용히 오르는 것이라네

햇살이 비처럼 쏟아져도
제 상처 움켜쥐고
가만히 흔들리는 것이라네

홀로 오른다는 건
내 가슴속 씨앗으로 움튼 너를 안고
속없이 기다리는 것이라네

사랑이라는 건
나팔꽃처럼 돌아서지 않고 너를 두고
홀로 오르는 것이라네

고드름

차가운 그리움에
그리 매달리고 싶었다

숱한 원망에도 나는 또
널 기다리는 고드름이고 싶었다

눈꽃으로 세상이 하얗게 뒤덮여도
나만은 네게 얼음꽃으로
남고 싶었다

너는 아무것도 모른다

어느 낯선 지붕에 얹혀
온몸으로 홀로 버티는 날에도
너 없는 이곳에서 흔적 없이 사라져도

오직 너만 바라보는
사랑이고 싶었는지 모른다

섬

내 안에 너는 작은 섬이다
내 눈물 같은 바다에 저만치 떨어져 슬픈
너는 나의 외로운 섬이다

너의 바다에 별이 지고
나의 바다에 그리움 출렁이니
아직 떠나지 못한 너는
나의 섬이 되었다

얼음 바위를 보며

겨울의 찬바람
시린 내 등짝을 밟고 지나간다
실얼음 갈라지는 소리
꽁꽁 언 내 가슴 금 가는 소리다

겨울의 통증이 그리 시려도
부서져 내리는 얼음꽃 사이로
한 방울 투명이 그렁 맺혀 있다

외로워서 쓸쓸하고
쓸쓸해서 외로운 사랑은 그렇게
얼음벽 껴안고 깊어지는 일

햇살에 무너지는 사랑도 그만
날카롭게 흘러내리는
아름다운 빙벽의 울음이 깊다

금 젖은 내 가슴이
수직으로 우는 소리다

바다만 같아라

늘 저 바다만 같아라

지쳐가는 시간 앞에 쓰라린 눈물 쏟아내도
버짐처럼 번지는 저 갯벌
파도 안고 일렁이는 저 바다만 같아라

온몸 부비는 작은 모래알조차
파도에 부서져 질퍽이는 곳

늘 저 바다만 같아라
언제나 저 바다만큼만 고이 울어라

잠자리의 죽음

한 생이 있었다
푸른 하늘에 스미어 풍경처럼 고요한 생
세상 흔들림에도 무게가 없다
죽음 뒤의 세상은 그저 가벼운 망각일 뿐이었다

오고 가지 못할 투명한 거미줄에
날지 못할 한때의 꿈이 매달려 있었다

언젠가 이 생을 떠난다면
작은 욕심 하나 부린다면
저 잠자리처럼 비애를 묻고 떠나고 싶다

그 무엇이든 마지막 풍경이 될 수 있다면
나 그러고 싶다

새벽

새벽이 뜬다
오늘도 나는 너를 생각한다

내게 눈부신 건 너라는 이름
내게 눈부신 건 너라는 사랑

젖은 이슬 스며드는 가녀린 풀꽃 같은
빈 바람 한 줌에도 가슴 그렁 떨리는
오직 너라는 그대

이 아침 가득한 건 이슬이 아닌
아 아침 아득한 건 안개가 아닌
내게 꽃으로 피어날
그대라는 새벽이다

작은 명상

보이지 않는 것을 보고
들리지 않는 것을 듣는다는 것

눈을 감고 귀를 열어
자연에서 오는 소리들에 귀를 기울여 보네

눈을 감아야 보이는 것들
마음을 열어야 느껴지는 것들

많은 것으로부터 자유로워지는
고요함은 어디
작은 것으로부터 느껴지는
평온함은 어디

그늘을 덜어
내게 내어 준 저 구름의 마음
허나 아직 깨닫지 못한 부끄러운 내 티끌 하나

눈을 감아도 보이는 건
산등성이 앉아 졸고 있는
뻐꾸기 소리뿐이라네

생의 위에서

생의 위에서
생을 바라본다

낡은 배와 같은
그대와 나의 삶

잔잔히 흐르는 물결처럼
그리 무디지 않게
그리 무겁지 않게

생의 위에서
세상을 바라본다

사랑

고이 가는 길이 혼자가 아닌
우리만의 길인 걸
그리 슬퍼하지 않았음 해

봄바람이 네 가슴 잠시 머물러도
울컥하지 않기를
멀리 서 있어도 나는 널 기억해

온 힘을 다해 네게서 난 피어나고
내 마음 닳아 헤어져도 나는
네게서 아름다운 한 송이 꽃으로 머무르는 걸

때로는 눈물에 고개 떨군 날이 와도
네게서 피어날 수 있는 건
오직 나뿐인걸 난 알아

오는 길이 둘이가 아닌
혼자만의 길이어도
너 그리 슬퍼하지 않았으면 해

꽃이었음 좋겠다

언제나 꽃이었음 좋겠다

바라봐 주지 않아도 꽃잎 활짝 피우는
고운 꽃이었음 좋겠다

네 곁에 피지 못해 가슴 아파도
그저 피는 일이 사랑인 줄 아는
한 송이 작은 꽃

홀로 피는 세월 속에 내 향기 잊혀져도
너의 가슴속에 피고 지는
꽃이었음 좋겠다

어느 날 내 모습 그리 시들어가도
너를 기다리다 죽어도 좋을

언제나 나는 네게
소소한 꽃이었음 좋겠다

3부

통증

가을이 가고 흔들림도 간다
내 몸의 계절도 간다
세찬 바람의 조락을 견뎌 낸
모진 마음으로 내게서 간다

그러겠지

더 이상 기다림 없어도
봄은 그리 올 테고

더 이상 그리움 없어도
그대 그리 갈 테고

바람은 울타리 장미가지
한참을 흔들어 놓는데

낮게 핀 민들레 꽃잎은
왜 그리 샛노란지

일 없는 허전함에
이 마음은 붉어지네

새벽에

아득한 새벽이
가로등에 걸려 콜록인다

쉬 아침이 오지 않을 터

밤이 더 깊어야
샛별 하나 떠나가고

별 하나 저물어야
하루가 다가온다

먼 동이 떠오르고
그림자 어둠에 숨어들면

그대 찾아든 저 밤길
소리 없이 저문다

2월의 밤

눈보라 몰아쳐도
내 마음은 언제나
그대로 가득한데

손 잡아 줄 이 없는 이 생에
내 가슴 한 모퉁이에
우두커니 앉아 있는 사람

누구나 그리 살아도
누구에게나 주지 못할 그리움에
이름 하나 달아주면 참 좋으련만

쓸쓸해서 외로운
눈 내리는 2월의 밤

눈 오는 날에

내게 오는 이 없는 길을
그리 들여다본다

쌀알 같은 눈들이 휘날리는데
발밑에 흐르는 그대 눈물을
나는 보지 못한다

세상은 눈으로 울어대는데
가슴 밑에 흐르는 내 눈물도
나는 보지 못한다

등지고 떠나는 이여
그저 속절없이 떠나는 이여

질퍽한 인연도 이리 초라한 것을
나는 왜 그대를 용서하지 못하는지

돌아서봐야 알 일이다
눈물 한 줌 훔쳐봐야 알 일이다

너에게 난

너에게 난
가볍지 않은 사람이었음 좋겠어

바람에 꽃잎 흩날리듯
사소한 마음이 아닌

그득한 향기만으로도 서로를
알아가는 사람이었음 좋겠어

때론 작은 상처에 토라지는 일이 있어도
그 그늘은 차갑지 않고

늘 마주해도 봄꽃 피듯
달보드레 인연이었음 좋겠어

어느 날 문득 잡은 손 놓아져도
너 아프지 않기를

꽃 지고 눈물 나는 날들이
너에겐 순간이기를

나를 잊을 수 있을 만큼
너에게 난

가벼운 사람이었음
좋겠어

그러한 날들

바람처럼 달려왔던 수많은 시간들
이제 그 끝자락에 나 서있네

달 뜨고 별 지는 일이 하도 슬픈 일이라
내 마음 주고도 고개 들지 못했네

사람으로 사는 일이
비 젖은 낙엽처럼 쓸쓸하고
발 앞에 구르는 돌멩이처럼 외로운 것

어디로 채일지 모르는 생의 물음표 앞에
늘 겸손히 저무는 일에 온유해야 한다는 걸
이 생명 낮게 흐르고서야 알게 되었네

내게 머문 시간들이 오늘따라 애틋한 건
내게 남은 숨들이
이 세상 버티기에 힘겹기 때문일까
눈물마저 아까운 내 걸음이 초라해서일까

너를 버리고 떠난다는 것이
내겐 행복한 일

너에게 줄 수 없는 빈자리의 아픔을
온전히 지고 갈 수밖에 없다는 것이
내게 행복한 일

오늘 밤에 뜨는 별은 널 그리는 내 사랑이요
오늘 밤에 빛나는 달빛은
널 가슴에 품고도 외로워야 하는
내 슬픈 미소임을 알고 있는지…

그리움이 많아 아파도 웃는 날
언제나 멀리서 기다리는 내가 있다는 걸
꽁꽁 숨기고 싶은 날

아무도 모르게 혼자 떠나는 날이 와도
너 절대 아프지 않기를 바라는 오늘

고마워
잠시 비껴선 너의 그늘과 그림자
가질 수 없는 공간을 무던히 밀쳐왔음을
너 알지 못해서…

여우 이야기

박씨 아저씨 말로는
80년대 생림 나전에 여우농장이
있었다고 한다

여우목도리를 만들기 위해
여우를 길렀는데 어느 날 태풍으로
문이 부서지는 바람에 요 여우들이
산으로 죄다 도망갔다고 하였다

피식 웃으며 에이~
여우가 어딨냐고 하니 박씨는 진지하기 진짜
있었다고 너스레를 떤다

장척으로 묵방으로 탈출한 여우들이 도망가서
가끔 산에 여우가 발견되기도 했다는데
킥킥 옛날 호랑이 담배 피는 시절이겠지

구수한 농담이 무척산 소나무로 자라고
장척 계곡의 맑은 물소리가 목탁으로 울리면
도망간 여우들의 긴 꼬리에 산골이 익어간다

겁 없는 솔바람 바위 틈에 스쳐가면
선곡엔 신선들이 베어 먹을 복숭아 향 짙어지고
홀씨처럼 걸음내린 곳이 또 다른 고향이 되었으니
사람의 마을 뒤로 까치꽃 지천이고
새벽녘 염불소리 산등성이로 아득히 흘러 나린다

그 많은 여우들 어디로 갔을까

민들레를 보며

가고 가는 것이 아닌
오고 오는 것이 아닌
그저 바람과 구름에 물어볼 일이다

민들레 낮게 피어 봄이라 했는데
겨울이 눈물처럼 속없이 내린다

한 방울에 놓인 꽃잎
자꾸만 애달파 내 가슴 앞에 놓아둔 날

오늘만 같은 날도 시린데
노랗게 식어가는 이파리에
나, 따스한 그늘이 되어본다

산골풍경

시래기 두어 줄 꿰어 바람에 내었더니
솔향기 배어들어 꾸덕하니 잘 말랐네

감나무 밑 묻어둔 항아리 속 김장 무
시큼한 익은 내음 마당 위로 가득한데

시원한 생탁 한 사발에 함께할 이 없는 오늘
새똥 같은 까치눈이 내려주면 좋으련만

까악깍 울어대는 저 까치만 날 반기고
산 그림자 길어지니 외로움만 아득하네

적적한 날

내게 오는 허전한 바람에
산모퉁이 한참을 걷는다

따스한 햇살 피는 곳으로
나 그리 서성이는데

철없는 산까치꽃 소복이 피어
1월을 껴안는다

오솔길에 내린 눈부신 하루
오늘이 아픈 건
네 곁에 가지 못한 내가 미워서일까

질경이처럼 놓지 못할 인연
지천으로 다하여도
내 가슴 담기에 버겁기만 하다

잠시 겨울 잊은 길목에
늙은 솔방울 침묵하고

눈 감아 버리고 싶은 오늘
이제 돌아오지 않을 너를 기억한다

촉촉이 젖은 풀밭 위에 흐르는
낙동강 기차소리만 무겁다

산다는 게

큰 바다의 작은 물방울
그 하나만큼도 못한 내 영혼

파도처럼 이리저리 쓸리는
마음이 아파 한참을 울었다

멀리 떠나가는 듯 또다시 밀려오는
몹쓸 허탈감에 쓴웃음 짓는
날들도 그리 있었다

조가비 외로운 바닷가의 모래알처럼
깎이고 깎여 너덜거리는 삶이
하도 서러워 반짝이는 별을 꿈꾸던 날

삶도 죽음도 그 누가 알까
알 수 없는 하루의 비밀들이
내겐 무척이나 뜬구름 같은 날

달이 뜨고 지듯 달아오른
내 통증의 눈물
그리 살다 뜻 모르게
바다처럼 저무는가 보았다

겨울이 좋아

겨울이 좋아
낙엽 진 오솔길 허전해도
바람이 구름이 지나고
작은 솔방울 동그랗게 구르는 날

겨울이 머무르는 숲에는 무엇
서리꽃 피는 고요는 무엇

겨울이 와도 좋아
바람이 날 삼켜도 좋아
아무도 없는 나지막한 길이어도
내 곁에 자리한 가난한 풀잎들

햇살 싸늘하고 얼음 외로워도
눈이라도 펑펑 쏟아지는 겨울이 좋아

이대로의 걸음이
바람에 시려와도

내 맘 안에 놓아둔 다정있어
나는 겨울이 참으로 좋아

1월의 풍경

황톳빛 담장 겨울에 물들면
담쟁이 너머 붉은 남천 너스레 떨고
산등성이 뻐꾸기 그렁 울었다

서리꽃 지지 않은 새벽에
어느 날은 석류나무 위 까치집이 들고
어느 날은 울 마당에 봄 까치꽃 만발했다

겨우내 얼었던 개울은 몸 푸느라 분주한데
밭 귀퉁이 뒹구는 콩대 태우는
연기에 나는 겨울 가는지도 몰랐다

분 바른 새벽달 어둠에 부끄러워하면
걸음 없는 호젓한 마을에 아침이 찾아오고
따스한 이불 속에 아직 졸고 있는 내가 있었다

사랑

눈이 온다는 것은
내가 널 그리고 있다는 거야

바람이 분다는 것은
내가 널 편지에 담고 있다는 거야

하늘에 구름이 하얗고
이 땅에 흙이 까맣고
그곳은 너와 내가 함께 할 자리라는 거야

만약 오늘 별이 뜬다면
아마도 내가 널 보고 있는 거야

달이 너의 어깨에 있을 즈음
아마도 나는 너의 가슴에 있을 거야

그게 오늘이야
그게 사랑이야

상처

한 포기 풀잎이 내게 묻는다
네게도 상처가 있느냐고
세찬 바람에 찢겨 너덜거리는 잎을 품고
살아본 적 있냐고

한 포기 꽃잎이 내게 묻는다
네게도 상처가 있느냐고
거친 바람에 한 잎 한 잎 떨어지는 꽃잎
그늘 아래 그리 울어 본 적 있냐고

한 그루 나무가 내게 묻는다
네게도 깊은 그리움이 있느냐고
수없이 피고 지는 노을의 슬픈 가슴을
한없는 고요로 바라본 적 있느냐고

그 많은 풀들이 꽃들이 나무들이
내게 말한다
가장 아름다운 투명으로 내게 말한다

삶은 그 상처로부터 아름다운 거라고
삶은 그 상처로 흘러나와 아름다운 거라고

겨울풍경

바람이 오고 간다
아침이 오려나

늙은 감나무에 아침 까치 울어대고
새벽이 더디오니 서리꽃 지천이네

엊그제 말려둔 시래기 아직 푸릇하고
항아리에 묻어둔 김치는 넉넉하니
겨울밤이 길어도 나는 좋아라

마당가에 번지는 잿빛 풍경들
막둥이 기침에 내 마음 내려앉고
겨울아침의 햇살이 고와도 차가워라

바람이 오고가고
마당에 꽃 저물고 푸른 근대 지천이니
한주먹 뜯어내어 된장국 끓여내면
너덜기침 잦아들고 막둥이 좋아하네

오늘 솔바람은 그렁 명랑하고
광주리 무말랭이
시린 바람에 날씬하다

살얼음 낀 개울 맑고
살겨햇살 소담하니 겨울풍경 좋기도 하여라

그렇게 3

너 없는 날
바람이 울었다

살아 온 봄날이
따스했다고

진달래 붉은 산비탈
홀로 젖은 슬픔도

문득 그렇게
슬펐다고

떠나간 것들은
동백처럼 피고 지는데

서리꽃 겨울 하나
눈마저 그리 오는데

찰나 같은
기다림에 나
그리 서 있다고

너 없는 날
난 울었다

알고 있어요

바람 불어 꽃 지고
낙엽 흔들려야 가을 떠나감을
난 알고 있어요

구름 같은 물비늘 고요히 밀려
먼 하늘 작은 꽃잎 몸을 낮추어도
난 알고 있어요

노란 잎새 위엔 바람이 흘러
차오르는 그리움 단풍잎 닮아가도

아름다운 그 이름에
희미한 갈매빛 돋을 별 기다려도

사랑할 수밖에 없는
따스한 풍경임을 나는 알고 있어요

달보드레 살자는데
바람꽃처럼 그리 살자는데
안개 같은 부끄럼만
피어나네요

수선화

바람결 시려도 웃을 수 있는 건
내게 핀 노란 너의 웃음 때문일 거다

아무도 돌아보지 않아도
활짝 필 수 있는 건
내게서 오롯이 꽃이 된 너의 미소 때문일 거다

모두들 떠나가는 바람 부는 날에도
나의 곁에 서 있는 너의 수줍음

환한 눈부심이 시리지 않은 건
너를 안고 지나는 겨울이 가볍기 때문일 거다

통증

내 아련한 몸의 계절이 온다
핏줄의 여린 체감으로
세찬 바람의 기침으로
내게로 온다

사람의 목숨이라는 것이
칡뿌리처럼 아득해
이파리 모두 떨구어도
내 깊은 은밀의 체기는뜨겁기만 하다

한때 격정적이던 생명들
숨이 혼숨이었던 오래된 떨림들
기억의 화인은 지금쯤 어디

쓰디쓴 마지막이 그리 밀려와도
이 가난한 고목에 단풍잎은 하나
모진 핏줄 같아 꼬옥 부여잡고 싶다

흐릿해진 바람 앞에 기침도 시들어
기어이 모든 잎 떨구고서야
견디는 독한 인내들

가을이 가고 흔들림도 간다
내 몸의 계절도 간다
세찬 바람의 조락을 견뎌 낸
모진 마음으로 내게서 간다

*백혈병으로 투병 중 아픔을 견디며 쓴 시

마지막 잎새

대롱이는 이파리
마지막 잎새가 아니라고
바람에게 말한다

세상의 모든 숲과 나무
개울과 오솔길 돌아 여기까지 왔다고
바람이 말한다

지는 것은
별이 누웠다 일어나는 일
꽃잎 오므렸다 활짝 피는 일

아무것도 아니라고
낙엽이
바람처럼 말한다

4부

중년의 삶… 그랬으면 좋겠네

많은 것 이루느라 고달팠던 그대에게
중년은 내게 내린 푸른 선물이기에
지켜야 할 소중함을 귀히 여기고
시간의 완강함에 겸손해지며
파도치는 주름에 한없이 너그러워지기를

안개

바람 자는 날이면
안개이고 싶다

고요히 새벽 안고
산등성이 젖어드는
눈 먼 안개

바람 한 줌 보이지 않아도
어둠은 그냥

별 하나 보이지 않는
아침이 와도

낮달 하나 무심한
아침이 와도

무심한 어둠
등 뒤로 가벼이 흐르는

사람이 그리워
외로운 날엔

나는 네게 흐르는
안개이고 싶다

나무

이 생의 마지막에 나
한 그루 나무로 태어나고 싶다

바람 세찬 바다 아닌
걸음 많은 공원 아닌
그저 가난한 숲속의 오솔길에 돋아나는
한 그루 나무이고 싶다

봄이면 스르르 흰 눈 녹여 꽃 피우고
얼어붙은 가지에 따스한 실바람 불어넣어
고요 앞에 한껏 서 있는 나

뜨거운 태양의 낮잠 아래 마음은 계절 돌고
낮게 핀 이끼의 눈부심에 낙엽 하나 덮어주는
이름 없는 가난한
한 그루 나무이고 싶다

눈물 같은 작은 씨앗가슴 언저리 고이 앉고
늙은 나뭇가지 아래 산까치 울어대는
그저 넉넉한 너그러움에 고요한

이 생의 마지막에 나
한 그루 나무로 돌아오고 싶다

가을

가을은 숨소리로 온다

차가운 바람에 모든 것 내어놓고
가벼운 낙엽의 몸짓으로 온다

가을은
시린 대지의 가슴에 누워
제 붉은 살점 저민 바람으로 떨어진다

언젠가 서럽게 올 겨울의 이름 앞에
눈물 같은 함박눈 투명하게 기다린다

가을 앞에 사랑은
늘 그리움이다

서 있는 지금이 얼마나 쓸쓸한지를
얼마나 고독한지를
홀로 서 있는 사람은 안다

순수했던 나날들
하얀 눈꽃으로 쏟아지는
기적 같은 날들이 다시 돌아옴을
홀로 서 있는 사람은 안다

쑥부쟁이꽃 저물지 않은 이 가을에
순한 눈망울 짝이며
다시 돌아올 그대를 가을되어 기다린다

솔숲 사이로

솔밭 사이로 바람이 일고
풀벌레 고이 나지막이 울면
가슴 끌며 지나는 이 걸음이
오늘도 쓸쓸합니다

촉촉이 젖은 낙엽위로
한 발자욱 남기며
그리움에 한껏 산새처럼 울어도
하염없는 슬픔은
저녁처럼 저물어갑니다

11월 하늘은 아직 푸르고
흰 버섯 솔우산 펼치며 말없이 자라나도
가을 무성한 나무들
이제서야 구름을 헤아립니다

산 메아리 길게 울고
솔숲 사이로 샛바람 스쳐 가면
그리움에 기다림은 소나무 향기 되어
언제나 그대를 기다립니다

그리움

그리움은 늘
저만치 있다

보고픔도 외로움도
바람처럼 훠이

뜨거웠다 식어가는
잠깐의 그대처럼

가을에 그리움은
저만치 있다

가을이 온다고

수없는 고개 떨구어야
가을이 온다고

빈 들길에 울며
억새가 흔들린다

가녀린 줄기 떨고서야
저 바람을 느낄 수 있다고

걸음 잃은 들길에
억새가 말한다

낙엽은 아직
떨어지지 않았는데

그런 나도 아직
떠나지 않았는데

수없는 밤을 보내고야
억새가 핀다고

외로운 그믐달 하나
내게 말한다

그러렵니다

내게 한 마음이 있다면 저 별처럼
반짝일 겁니다

차가운 바람에 빛 일렁이어도
나는 외로운 별이 되렵니다

설령 어둠에 익숙한 내 작은 눈물이어도
나는 쓸쓸한 별이 되렵니다

낙엽 저물고 달빛 찬란한 가을입니다

아무도 걷지 않는 길에 이슬 맺혀도
밤은 어둠을 두려워하지 않고 함께 젖어갑니다

내게 한 마음이 있다면 저 어둠처럼 깊은
쓸쓸함일 겁니다

느낄 수 없는 다정에 무던히 흔들려도
나는 한 줌의 외로운 바람이 되렵니다

설령 홀로 버려진 풀꽃이어도 나는
바람 되어 흐르렵니다

무제

개울은 울지 않는다
바닥을 구르는 서러움이 울 뿐

안개처럼 새벽이 어둠에 묻혀도
여명은 또다시 하루를 비춘다

별은 빛나지 않는다
어둠에 싸인 하늘이 명료할 뿐

모든 것을 쓸고 지나는 바람이어도
아침은 또다시 새벽달을 비춘다

무제 2

바람이 알려나
그대 이 맘 알려나

오르고 오르는 길이
내 욕심 같아서
자꾸 버리려 한다

지금 이 발자욱이
상처 같아서
자꾸만 뒤돌아본다

아무것도 없는데
아무것도 없는데

비람만 갈대들
흔들고 있는데

그대 없는 하늘만
흐려지는데

10월의 어느 날에

가을볕 고추잠자리
파란 하늘 쉬이 맴돌고
새하얀 고마리꽃
바람에 한껏 소담한 10월의 잠시

아직 여물지 않은 푸른 콩
장대 곁에 기대어 눈썹처럼 자라고
키 낮은 부추꽃
하늘만 우루루 바라보네

가을은 기다림도 향기로워
동그란 구름들 점점이 서두르지 않고
그대 머문 햇살위로
바람 한 점 지나가네

떠나가는 것에도 이름있어
그저 아쉬운 것은 봉숭아꽃처럼 저무니
10월의 그리움엔 그림자가 없어라

나무처럼

나무처럼 살고 싶어
나무처럼 처연히
우뚝 서 있고 싶어

그처럼 울고
그처럼 소리내어 울고
또 말없이 울고울어

저 가진 상처에 바람이 들고
구멍 난 생채기에 계절이 돌면

어둔 밤도 두렵지 않아
날개 접은 별빛도 두렵지 않아

나무되어 살고 싶어
오로지 나무되어
너의 곁에 있고 싶어

우문

그대도 나처럼 외로운지
그대도 나처럼 쓸쓸한지

비오는 가을 앞에 무심히 물어본다

산다는 게 채워도 부족한
구멍 난 상처 같아서

그 아픔 채우려 안간힘 쓰는
허무한 내 몸짓이 아프다

묻고 또 고개 숙인 내 마음이 그렇듯
가을은 그대에게 외로운지 묻는다

하염없이 내리는 이 비가 아파서
홀연히 가방 들고 바람처럼 떠나가도

언제나 서서 가슴 내려 두는 곳은
너 아니 없는 모든 것의 가득한 공간이다

갈대 서걱이는 가을이 울어
그 곁에 서 있는 나도 잠시 울어

그대도 나처럼 쓸쓸한지
그대도 나처럼 외로운지

사랑 떠난 가을 앞에 가만히 물어본다

사람의 향기

사람 곁에 서 있으니
사람의 향기가 묻어난다

한때는 바람이었을 우리들
한때는 이름 없는 인연이었을 우리들

작은 걸음 하나에 이제 시절꽃이 피고
사람 곁에 있으니 사람처럼 산다

서로의 안부를 묻고
서로의 눈빛을 읽는다

알지 못했을 공간 속에서
우리는 조금씩 서로를 알아간다

홀로 외떨어져 살 수 없듯이
함께라는 존재로 거듭 피어난다

알아간다는 것이
읽어간다는 것이
서로에게 얼마나 아름다운지

사람 곁에 서 있으니
사람의 향기가 묻어난다

*편의점 야간알바를 시작하며 느끼다

어느 날에

가녀린 가지 위에
밤새 내린 빗방울들

떨어지는 가을이
시나브로 아팠나보다

몸져 누운 이파리는
노란 슬픔 토해내고

흔들리다 널브러진
하늘은

바람에 걸려
자꾸만 고꾸라진다

그대

그대 별이 아니어도
그대 해가 아니어도

나는 언제나 그대의 밤낮을 지키는
작은 바람임을 잊지 말아요

어두운 이 밤 가고
눈부신 아침 오면
나 그대에게 고운 햇살 안고 가리니

하얀 박꽃 지고 어둠 가시면
그대
눈부신 낮달처럼 환히 웃어요

때로는 기다림에
우리 함께 아니어도
나는 언제나 그대 곁에 서성이는
달꽃임을 잊지 말아요

하루

세상에서 가장 아름다운
하루를 짓고 싶다

이른 새벽 피어나는 은은한 물안개
그 고운 풍경에
내 마음 한없이 널어놓고 싶다

잠시 지난 추억들에
가슴 울컥
눈물겨도 좋고

잊었던 첫사랑에
가슴 시린 눈물 글썽여도
나는 참 좋다

참한 가을비에 젖은 날도 좋고
강아지풀 이는 오솔길 홀로 걸어도
나는 참 좋다

아 쓸쓸한 가을 햇살 한 줌
그리
내게 온다는

나는
세상에서 가장 아름다운
하루를 짓고 싶다

그대

활짝 핀 웃음이
그대 닮았다

바람 업어 휘어진 내 가슴에도
수줍게 내민 빨간 입술 위에도

환한 웃음 어여쁜
그대 피었다

흔들리듯 내게 오는 철없는 사랑
짐짓 모른 척 바람으로 걷는 그대

활짝 핀 웃음이 보고픈
그대 닮았다

행복

두 걸음이 하나여도
나는 그저 좋아라

살포시 그대 뒤를
총총총 뒤따르니

그대 흘린 발자욱이
꽃 되어 피고지고

배시시 고운 웃음
바람결에 흘러가네

매미소리 저만치
하루를 울어도

다정을 베고 누운
내 마음만 같을까

야속

꽃 피는 봄이 오면
걸음한다 하셨는데

가는 마음 하나이고
오는 마음 하나여라

오고 가는 그 바람을
배롱나무 놓아두니

기다림에 외로움은
가이없어 서글프고

달빛 젖은 인동꽃잎
붉디붉어 서러워라

날 버리신 그 맘 곁에
살포시 앉아보니

눈물따라 흐르는
아득한 이 그리움

어이 나를 버려두고
홀로 앞서 가십니까

언제나 그랬으면 좋겠다

바람 앞에 우리는
이 생을 함께 살아가는 존재임을
잊지 않았음 좋겠다

너와 나의 다름이 없고
너와 나의 토라질 이유 또한 없는

우리는 아득한 하나
그 하나조차 귀한 몸짓임을 잊지 않았음 좋겠다

내 작은 호흡이 나무가 되고
내 작은 그리움이 꽃그늘이 되는 곳

우리는 언제나 함께 피는
수줍은 풀꽃이었다

우리는 언제나 함께 우는
슬픈 빗물이었다

하지만
6월의 뜨거움 풀잎에 물들이고
함께하는 그 이유만으로도 꽃 피울 수 있는
순한 바람이었음 참 좋겠다

중년의 삶… 그랬으면 좋겠네

때로는 흐린 날 가득하지만
아름다운 풍경으로 바라보기를

유리창에 어린 하얀 입김으로
네 이름 적어보는 철없는 중년이기를

불혹의 나이를 넘어가니
가슴속엔 숱한 추억들만 무성하더라

생각의 가지 위에 햇살 비치고
한때는 싱그러운 사랑도 피어나고
한때는 흰구름 잡아놓고 그늘도 내리더라

중년의 하늘은 맑고 분주하더라
시간의 너머를 애써 외면해도
문득 쏟아지는 외로움이 내게도 있더라

아무 일 없는 조용한 하루도
이유 없는 쓸쓸한 고독이 스며들더라

지나는 바람에도 내 마음 얹어두고
지나간 추억에도 나는
작은 어린애가 되어가더라

가던 길 돌아보면
후회스런 날들이 길처럼 뻗어있고
그 길 위에 걸어가는
외로운 내가 있더라

고이 갈아놓은 삶의 길 위에
계절들은 쉼 없이 그림자를 남기고
나의 세월과 함께 늙어가더라

중년의 나는 어디로 가는가
어느 곳에 마음 걸고
이 시린 두 걸음을 디뎌야 하는가

보이는 세상은 참으로 화려한데
가슴속 풍경은 흑백의 수묵이라

내 가는 생 위에 그림자 짙어져도
마음의 지혜는 잘 숙성되기를…

중년이라는 이름
사랑으로 더욱 아름다워질 때
모든 것 사랑하며 온화한 미소가 가장 아름다울 때

많은 것 이루느라 고달팠던 그대에게
중년은 내게 내린 푸른 선물이기에
지켜야 할 소중함을 귀히 여기고
시간의 완강함에 겸손해지며
파도 치는 주름에 한없이 너그러워지기를

눈처럼 깨끗한 중년을 위해
나 스스로에게 주문을 건다

아름다운 사람으로 남기에 충분한 하루
나에게 내리는 상과도 같은 하루

그 고운 인연의 끝에 희망을 걸고
지금 걷는 이 걸음을
사랑하며 살아가기를 바라고 또 바란다
함께하는 사랑 있어 흔들리는 두 손이 허전하지 않고
함께하는 다정 있어 늘어나는 흰 머리
서럽지는 않더라

친구 있어 행복한 날
마시는 술 한 잔이 행복한 날
사랑에 얼굴 붉히는 주책없는 중년

사랑스런 중년의 어느 날
해맑은 겨울 앞에 설레어 본다

그대
참 고마웠어요

조금 쓸쓸한 오후

최은진 지음

발 행 처 · 도서출판 청어
발 행 인 · 이영철
영   업 · 이동호
홍   보 · 천성래
기   획 · 남기환
편   집 · 방세화
디 자 인 · 이수빈 | 김영은
제작이사 · 공병한
인   쇄 · 두리터

등   록 · 1999년 5월 3일
(제321-3210000251001999000063호)

1판 1쇄 발행 · 2020년 11월 10일

주소 · 서울특별시 서초구 남부순환로 364길 8-15 동일빌딩 2층
대표전화 · 02-586-0477
팩시밀리 · 0303-0942-0478

홈페이지 · www.chungeobook.com
E-mail · ppi20@hanmail.net
ISBN · 979-11-5860-892-7(03810)

이 도서의 국립중앙도서관 출판시도서목록(CIP)은 서지정보유통지원시스템 홈페이지
(http://seoji.nl.go.kr)와 국가자료공동목록시스템(http://www.nl.go.kr/kolisnet)
에서 이용하실 수 있습니다.(CIP제어번호: CIP2020040579)